내가 얼마나 당신을
사랑하는지
당신은 알지 못합니다
4

내가 얼마나 당신을
사랑하는지
당신은 알지 못합니다

엘리자베스 베렛 브라우닝 외 지음 · 변용란 옮김

4

오늘의책

사랑에 대해서는 참으로 많은 말이 끊임없이 쏟아져 나온다. 오랜 과거에도 그러했고, 앞으로도 그럴 것이 틀림없다. 돌이켜보면, 듣고 나서 두고두고 소중하고 보배로웠던 고백은 역시 '사랑한다'는 말이었고, 가슴 저 아래 지그시 눌러두었던 그 기억을 끄집어내는 순간 어느새 마음은 푸근하다. 그래도 정작 사랑이 무엇인지는 잘 모르겠다. 단 몇 마디 말로 사랑이 어떤 것인지 마음에 선뜻 와 닿도록 정의하기란 불가능하지 않을까? 그만큼 사랑이라는 감정에 담긴 우리 마음의 갈피들이 셀 수 없을 만큼 여러 겹이라는 것을 말해주는 듯하다. 그 섬세한 마음의 갈피들을 정갈한 언어로 담아놓은 시인들의 사랑론을 기웃거리게 되는 이유도 그 때문일 것이다.

별다른 글재주 없는 나만의 언어로는 도무지 풀어낼 길 없는 애틋하고도 가슴 설레며, 종잡을 수 없이 심오하기도 하고, 때론 잔인한 상처를 남기기도 하는, 인간에게 주어진 수수께끼, 사랑.

대체 사랑은 무엇인지, 아니 위대한 시인들은 사랑을 무엇이라고 생각하는지, 다만 추억 한 조각만으로도 소중히 간직하고 싶은 사랑의 진수는 무엇인지, 그 설렘과 안타까움은 어떻게 표현되는지……. 떠나간 사랑에 대한 아쉬움과, 실연의 아픔 또한 한 편의 아름다운 시로 남겨지는 사랑의 놀라운 힘을 어떻게 견딜 수 있을지……. 사랑에 관한 다양한 마음 갈피들을 주옥같은 시에 기대어 확인하고픈 마음은 비단 혼자만의 바람이 아닐 것임을 믿기에, 선뜻 손대기에 마음 무거워지는 위대한 시인들의 사랑 언어들을 감히 매만져보았다.

미리 일러두고 싶은 것은 여기 담긴 사랑의 감정이 연인에 대한 사랑일 수도 있고, 형제나 가족, 친구에 대한 사랑일 수도 있으나, 일단은 모두 그리움의 대상인 연인으로 한정하고, 그 좁은 의미의 시각에서 의도적인 '읽어 넣기'를 시도했다는 점이다. 그로 인한 피할 수 없는 감정의 왜곡이나 오역 역시 아득한 사랑의 눈빛으로 너그럽게 눈감아주시기를 옮긴이로서 감히 소망한다. 하이네와 푸슈킨 등의 시들은 원어가 아니라 영어로 번역된 시들을 다시 우리말로 옮겼으므로, 본의 아닌 중역으로 인해 원시에서 그만큼 멀어졌거나 명징한 시어의 아름다움이 더 많이 훼손되었을 수도 있다는 점 또한 밝혀둔다.

이 시집을 통해 공연히 어렵게만 생각하기 쉬운 위대한 명시들 역시 사랑의 감정에 관한 한, 감미롭고 아름다운 감동을 깊은 파장으로 전달하는 한 인간의 사랑 언어라는 점을 널리 알리는 계기가 되기를 바란다.

수많은 옛 시인들의 마음 자취를 들여다보며, 결국 사랑은 이러저러하기 '때문에'도 아니고, 그럼에도 '불구하고'도 아닌, 그저 마음 가는 그대로의 사랑이면 충분하지 않을까 하는 생각이 들었다. 과연 내가 얼마나 사랑하는지는 상대방만 모르는 것이 아니라, 조심스레 고백하는 나 자신도 제대로 헤아릴 길은 없을 터이므로.

2003년 여름
변용란

차례

책머리에 · 5

두번째 이야기 내 마음에는 언제나 당신의 사랑이

세번째 이야기 우리 다시 만날 때까지

첫 번째 이 야 기

이제 **당신**과 **내가** 하나가 되어

한 여름에 피어난 장미 그늘 아래서

향기로운 진홍빛이

싱그럽고 붉은 꽃잎이 만들어낸 그늘로

살며시 숨어들면,

수많은 기억을 간직한 사랑이 조그만 손을 내민 채

당신에게 다가와 어루만지며 차마 대답할 수 없는

아름다운 질문들을 살며시 던져봅니다.

당신이 남긴 달콤한 유산

당신이 내게 남긴 것은
달콤한 두 가지 유산.
하늘에 계신 아버지도 흡족하셨을
사랑의 유산이 그 하나.

또한 당신이 내게 남긴 것은
영원과 시간 사이에,
그리고 당신의 마음과 내 마음 사이에
바다만큼 드넓게 자리잡은
인내의 경계선.

에밀리 디킨슨

마음 깊은 곳에 피어난 장미 한 송이

보기 싫게 부서진 모든 것,
낡고 늙어버린 모든 것,
길가에서 들려오는 어린아이의 울음소리,
삐걱거리는 수레바퀴 소리,

겨울 농부의 무거운 걸음걸이가 흙탕물을 튕기며
내 마음 깊은 곳에 피어난 장미꽃 영상을 망가뜨립니다.

모양이 흉하게 일그러진 것들은
입에 올려 말하기조차 민망하기에,
나는 그 모든 것을 새로이 만들어
푸른 언덕에 올려놓기를 간절히 소망합니다.

내 마음 깊은 곳에 피어난 장미 한 송이인
당신의 모습을 꿈꾸기 위해,
황금빛 상자처럼 대지와 하늘과 물을 빚어
그들을 다시 만들렵니다.

윌리엄 버틀러 예이츠

사랑의 진실은 변하지 않아요

우리가 만났을 때 제니는 나에게 입맞췄었죠.
앉아 있던 의자에서 폴짝 뛰어오르면서.
달콤함을 앗아가길 좋아하는 도둑 같은 시간은
내게서 그녀를 앗아갔답니다.
나는 너무나 지치고, 또 너무나 서글픕니다.
건강과 재산은 나를 비껴가버리고
나는 점점 늙어가고 있지만,
그래도 변함없는 진실은
제니가 나에게 입을 맞췄다는 것이죠.

리 헌트

내 생에 가장 행복했던 날

처음 만난 그날과
처음 함께 보낸 그 시간과
당신을 처음 본 그 순간을
기억할 수 있으면 좋겠습니다.
화창한 날이었는지, 우중충한 날이었는지,
여름이었는지, 겨울이었는지도 나는 알지 못합니다.
그렇게 아무런 자취도 없이 흘려보내고 만 그날,
사랑에 눈이 멀어 제대로 보지 못하고,
예상하지도 못했으며,
5월에도 그리 오래 꽃을 매달지 않는 나의 나무가
그날 꽃을 피운 것도 알아차리지 못할 만큼
나는 넋을 잃고 있었습니다.

그날을 회상할 수만 있다면 얼마나 좋을까요!
그토록 행복했던 최상의 날을!
겨울에 내린 눈이 흔적도 없이 녹아버리듯
나는 그날을 고스란히 흘려보내고야 말았답니다.

별 의미 없다고 생각했던 것들이
얼마나 큰 의미를 지니고 있는지!
이제 내가 기억할 수 있는 것은 오로지
당신의 손과 나의 손이 닿았던 첫 느낌뿐!
기억은 하지만 알지 못하는 그 느낌뿐이랍니다.

크리스티나 로제티

더 이상 방황하지 않으리

이토록 밤늦은 시간까지
우리 이제 더 이상은 방황하지 않으리.
마음은 아직도 사랑으로 가득하고
달빛도 여전히 밝게 빛나지만.

칼날은 칼집을 닳게 하고
영혼은 가슴을 미어지게 하므로,
마음도 숨을 돌리려면 잠시 쉬어야 하고
사랑 자체도 휴식이 있어야 하느니.

밤은 사랑을 위하여 마련된 것이지만
낮은 너무 빨리 돌아오는 법.
그래도 우리 이제 더 이상은 방황하지 않으리.
영롱한 달빛 아래에서도.

조지 고든 바이런 경

그녀가 미소지으면

예쁜 아가씨들은 많지만
남들이 보기에 그녀는 예쁘지 않아요.
그녀가 나를 향해 미소짓기 전에는
나 역시 그녀의 사랑스러움을 알지 못했죠.
아, 그녀가 미소지은 순간,
영롱하게 빛나는 그녀의 눈동자에서
사랑의 빛이 샘처럼 솟아나고 있음을 난 보았습니다.

지금도 그녀의 표정은 수줍고 차갑게 굳어
나의 마음을 외면하고 있지만,
그래도 나는 사랑으로 빛나는 그녀의 눈동자를
바라보지 않을 수가 없습니다.
그녀가 눈살을 찌푸리는 것조차
다른 아가씨들의 미소보다
훨씬 더 아름다우니까요.

하틀리 콜리지

나처럼 느껴본 사람 그 누구일까

오 어머니, 난 이제 운명의 수레바퀴를 거부하지 않아요.
나의 손가락은 아파오고, 입술은 바싹 말랐습니다.
오! 당신이라면 내가 느꼈던 아픔을
헤아려주실 수 있을는지!
하지만 과연 나처럼 느껴본 사람 그 누구일까요?

이젠 더 이상 그의 말이 진실이었다는 것을
의심할 수 없네요.
다른 모든 사람들은 나를 속였던 거예요.
언제나 그들은 내 눈이 푸르고
내 입술이 달콤하다고 장담했으니.

월터 새비지 랜더

노래를 불러요

당신의 든든한 발소리가 가까워질 때까지,
옷매무새가 마무리되기를 기다리는 동안,
그리고 현관문을 열고 내다보다 닫는 것밖에는
더 할 일이 없을 때,

난 그 기다림으로 노래를 불러요.
둘이 하루를 함께 보내며,
우리는 어둠이 오는 것을 막아보려고
어떻게 노래했었는지를 서로에게 이야기하지요.

에밀리 디킨슨

어두운 밤이 되면,
그녀는 반쯤 잠이 든 채
속삭이듯 낮은 목소리로 자신의 사랑을 이야기합니다.
그녀가 겨울잠을 자는 동안 대지가 꿈틀거려
눈 속에서도,
내리는 눈 속에서도,
풀잎과 꽃들을 살며시 피워 올리는 것처럼 말이에요.

로버트 랭크 그레이브스

부드러운 가을 달빛 아래서

부드러운 가을 달빛 아래서,
캄캄한 밤의 뜨락 위로
감미로운 은빛이 희미하게 흘러내리면,
추억 속에 살아 있는 아름다운 친구인 듯
회색빛 죽음이 조롱하듯 다가와
당신에게 속삭입니다.

한 여름에 피어난 장미 그늘 아래서
향기로운 진홍빛이
싱그럽고 붉은 꽃잎이 만들어낸 그늘로
살며시 숨어들면,
수많은 기억을 간직한 사랑이
조그만 손을 내민 채
당신에게 다가와 어루만지며
차마 대답할 수 없는 아름다운
질문들을 살며시 던져봅니다.

칼 샌드버그

내가 축복받은 사람임을 느끼게 하는
수많은 것이 있습니다.
비록 나의 인생엔 행복한 날도 우울한 날도 있지만
내게 허락된 축복 가운데
최고의 기쁨은 바로 이것이랍니다.
내겐 당신 같은 친구가 있다는 것이죠.

삶이 힘겨울 때면
친구들은 이렇게 말할 겁니다.
"그저 부탁만 해.
그럼 내가 함께 헤쳐나갈 수 있도록 도와줄 테니."
하지만 당신은 내가 부탁할 때까지 기다리지도 않고
묵묵히 일어서 대신 문제를 해결해줍니다.

내 인생을 돌아볼 때
그 무엇보다 내가 가장 잘한 일이라고
장담할 수 있는 한 가지.
바로 당신이라는 친구를 알게 되고
친구가 되고
사랑한 일입니다.

작자 미상

사랑의 철학

시냇물은 강물과, 강물은 바다와 섞여 하나가 되고
하늘에서 부는 바람들은 언제나
감미로운 마음으로 섞입니다.
이 세상에 외톨이인 것 없고
천상의 이치에 따라 만물은 서로 섞여
하나가 되기 마련인데
당신과 내가 왜 하나가 되지 못하겠어요?

산들이 높은 하늘과 입을 맞추고
파도들이 서로 껴안는 것을 보세요!
오라비 꽃을 저버린다면
그 어떤 누이 꽃도 용서받지 못하겠죠.
햇살은 대지를 껴안고
달빛은 바다와 입을 맞추는데,
그 모든 입맞춤이 모슨 소용 있겠어요?
당신과 내가 입 맞추지 않는다면.

퍼시 비시 셸리

그녀가 내게로 오는 날

정오의 햇살이 장미들을 비추고
날이 너무 환할 때면, 그녀는 오지 않아요.
일과 유희로 피로해진 영혼이
편히 쉴 때까지 그녀는 오지 않습니다.

하지만 밤이 언덕 위에 찾아와
별빛과 촛불 빛과 꿈의 빛을 받아
바다에서 위대한 목소리가 들려오면
그때 그녀는 내게로 옵니다.

허버트 트렌치

저녁 노래

사랑하는 이여,
황금빛 모래밭 위로 시선을 들어
저 멀리서 태양과 바다가 만나는 지점을 바라보아요.
온 세상이 내려다보이는 곳에서
그들이 얼마나 오래 입맞춤하는지를.
아, 우리의 입맞춤은 그보다 훨씬 더 길기를!

이집트 진주가 장밋빛 포도주에 녹아들듯이
어느새 바다의 붉은빛 포도주는 태양을 녹이고
밤은 클레오파트라처럼
마지막 한 방울까지 그 포도주를 마셨으니
사랑하는 이여,
당신의 손을 내 손으로 감싸게 해주오.

달콤한 별들이여,
어서 다가와 밤하늘의 아픈 가슴을 달래주고
파도여,
어둠에 휩싸인 모래밭을 하얗게 빛내주오.

오 밤이여!
우리의 태양과 하늘을 갈라놓는 것은 어쩔 수 없지만,
부디 우리의 입술과 우리의 손만은
그대로 내버려두어주오.

시드니 러니어

아름다움과 사랑

아름다움과 사랑은 나의 모든 꿈입니다.
하루하루 변해가는 세월 속에서도 그것은 변하지 않아요.
사랑은 유유히 흐르면서
결코 흘러가버리지 않는 시냇물처럼
영원히 곁에 머물죠.

또한 아름다움은 밝게 빛나는 무지개.
소나기가 시원하게 휩쓸고 지나간
물보라 속에서 살며시 피어나
꽃밭 사이로 향기로운 바람을 일으킵니다.

앤드루 영

영원히 그녀를 사랑할 것입니다

상냥하고 친절한 여인을 보았습니다.
내 마음을 그토록 환하게 만든 얼굴은 처음이었죠.
그저 그녀가 지나가는 모습을 보았을 뿐이지만,
그래도 나는 죽는 날까지 그녀를 사랑할 것입니다.

그녀의 손짓과 행동, 그녀의 미소와 재치,
그녀의 목소리는 내 마음을 사로잡아
기분 좋게 어루만집니다. 이유는 알 수 없지만,
그래도 나는 죽는 날까지 그녀를 사랑할 것입니다.

큐피드가 날갯짓을 하며 온 세상을 날아다니듯
나의 사랑은 그녀의 세상을 변하게 만듭니다.
하지만 그녀가 땅을 변하게 하든, 하늘을 변하게 하든,
아무튼 나는 죽는 날까지 그녀를 사랑할 것입니다.

토머스 포드

사랑의 힘

나의 연인을 얼음에 비유한다면, 나는 불이랍니다.
그런데 어떻게 그녀의 차디찬 싸늘함은
뜨겁게 타오르는 나의 욕망에 녹아버리지 않고,
내가 그녀를 간절히 갈망하면 할수록
더 단단해지는 것일까요?
또한 어떻게 해서 나의 뜨거운 열기는
마음을 얼어붙게 만드는 그녀의 차가움에 다가가도
조금도 식지 않고 더욱더 맹렬하게 끓어오르며,
불길이 끝없이 번져가는 것을 느끼게 되는 것일까요?
무자비한 냉기에 힘없이 사그라지고 마는 불길도
놀라운 손길의 도움으로 활활 타오르게 될 수 있다는
기적 같은 이야기들을 얼마나 더 전해야 할까요?
그것은 바로 감미로운 마음에 피어난 사랑의 힘이랍니다.
사랑은 모든 과정을 완전히 뒤바꿔놓을 수 있는
힘을 가졌으니까요.

에드먼드 스펜서

나뭇가지 아래 놓인 시집 한 권,
빵 한 덩어리, 포도주 한 병,
그리고 당신 또한 내 곁에서 노래하고 있으니
오, 황야도 천국과 다름없답니다.

오마르 카이얌

나의 사랑이 옷을 입으면

나의 사랑이 옷을 입으면 그녀의 재치가 눈부시게 빛나
너무나도 그녀에게 잘 어울립니다.
계절마다 그녀는 겨울과 봄, 여름에 어울리는
옷으로 갈아입습니다.
그녀가 어떤 옷을 갈아입더라도
그녀의 아름다움을 비껴갈 순 없겠죠.
하지만 그녀가 아름다움 그 자체로 돋보일 때는
그녀의 옷가지가 모두 사라지고 없을 때입니다.

작자 미상

당신을 무엇에 비교할까요?

당신을 여름날에 비교해볼까요?
당신이 여름보다 훨씬 더 사랑스럽고 온화하지만.
거친 바람이 5월의 귀여운 새싹을 흔들고,
여름날의 시간은 너무도 짧기만 하네요.
때로는 태양이 너무 뜨겁게 내리 비치고
때론 그 금빛 얼굴이 흐려지기도 해요.
우연이나 자연의 시샘으로
세상에서 가장 아름다운 것도 때로는 퇴색하기 마련이죠.
하지만 당신의 영원한 여름은 스러지지 않을 거예요.
그리고 당신이 아름다움을 잃는 일도 없을 거예요.
당신이 영원한 나의 시구 속에서 계속 살아남는다면
죽음의 신도 자신의 그늘 속에
당신을 품었다고 뽐내진 못할 거예요.
인간이 숨을 쉬고, 볼 수 있는 눈이 있는 한,
이 시도 살아남아 당신에게 생명을 줄 테니까요.

윌리엄 셰익스피어

순수한 사랑의 마음

그녀는 예쁘게 걸어요.
구름 한 점 없고 별들이 총총한 밤하늘처럼.
어둠과 빛 가운데 최고의 것들이
그녀의 얼굴 그녀의 눈에서 만나,
환한 낮에는 하늘이 보여주지 않는
부드러운 빛으로 무르익어요.

어둠이 한 겹 더 많거나 빛이 한 줄기 모자랐다면
새까만 머리타래마다 물결치는,
또는 그녀의 얼굴을 부드럽게 밝혀주는
저 숨 막히는 우아함이 절반쯤 지워졌을 거예요.
그녀의 얼굴에 비치는 잔잔하고 행복한 생각들은
그곳이 얼마나 순수하고 사랑스러운지를 드러내주지요.

그처럼 감미롭고 조용하고 풍요로운
뺨과 이마 위에서,
사람의 마음을 사로잡는 빛나는 미소와 표정은
선한 마음으로 보낸 지난날들을 이야기하는 듯해요.

지상의 모든 것들과 통하는 아름다운 영혼과
순수하기만 한 사랑의 마음을!

조지 고든 바이런 경

찬란한 빛을 발하는 당신

사랑하는 나의 줄리아가 실크 옷을 걸치고 걸어다니면,
그럴 때면 나는 생각합니다.
물이 흐르듯 유연한 그녀의 옷맵시가
얼마나 감미롭게 찰랑거리는지.

그러고 나선 시선을 들어
사방으로 자유롭게 하늘거리는
옷감의 아름다운 떨림을 바라봅니다.
아, 그 찬란한 눈부심이 얼마나 나를 사로잡는지!

로버트 헤릭

첫눈에 반한 사랑

사랑하거나 미워하는 것은
우리 인간의 힘으로 어쩔 수 있는 것이 아니랍니다.
인간의 의지는 운명의 지배를 받기 때문이죠.
운명의 궤도가 만나기 오래 전에 서로 헤어져 있을 때,
우리는 한 사람이 사랑하고,
상대방이 그 사랑을 받아들이기를 소망합니다.
모든 면에서 똑같은 두 개의 금괴처럼
특히 어느 한쪽이 다른 한쪽에게 영향을 주게 되어 있죠.
그 이유를 아는 사람은 아무도 없습니다.
우리가 바라보는 대상은 우리 눈에 의해 결정된다는
정도로만 설명할 수 있겠죠.
양쪽 모두 계획적인 선택이라면, 사랑은 하찮은 것일 테죠.
그러니 첫눈에 사랑에 빠지지 않은 사람이 누가 있겠어요?

크리스토퍼 말로

붉고 붉은 장미꽃

오, 내 사랑은
유월에 갓 피어난
붉고 붉은 장미꽃과 같답니다.
오, 내 사랑은
가락 맞춰 흐르는
감미로운 멜로디와 같아요.

내 귀여운 아가씨여,
당신이 고운 만큼
당신을 향한 내 사랑도 그만큼 깊답니다.
내 사랑이여,
세상 모든 바다가 마를 때까지
변함없이 나 당신을 사랑하겠습니다.

세상 모든 바다가 마를 때까지
바위들이 햇볕에 녹을 때까지
내 몸에 목숨이 남아 있는 한
변함없이 나 당신을 사랑하겠습니다.

잘 있어요, 하나뿐인 내 사랑!
잘 있어요, 잠시 동안만!
가는 길이 천 리 만 리 멀다 하여도
나는 꼭 다시 돌아올 거예요, 내 사랑이여.

로버트 번즈

사랑의 방법

내가 당신을 어떻게 사랑하는지
내 사랑의 방법을 손꼽아볼게요.
존재의 끝과 영원한 은총이
보이지 않고 느껴지지 않더라도
내 영혼이 닿을 수 있는 깊이와 넓이와 높이만큼
당신을 사랑합니다.

햇살 아래서나 촛불 곁에서,
일상의 가장 하찮은 순간에도
당신을 사랑합니다.
권리를 얻으려고 애쓰는 사람들처럼,
자유롭게 나 당신을 사랑합니다.
칭찬을 외면하는 사람들처럼,
순수한 마음으로 나 당신을 사랑합니다.

오래 전 내 슬픔에 쏟았던 정열 그대로,
내 어린 시절의 믿음 그대로 당신을 사랑합니다.
세상 떠난 내 수호성인들에게 잃어버린 줄만 알았던
그 사랑으로 당신을 사랑합니다.
내 일생 동안의 숨결과 미소와 눈물로 당신을 사랑합니다!
그리고 만일 신이 허락하신다면,
죽은 후에도 더 많이 당신을 사랑할 것입니다.

엘리자베스 베렛 브라우닝

작은 마음

그 때문에 눈물짓기엔 너무나 사소하고
그 때문에 한숨짓기에도 너무 짧은 듯하지만
그래도 그 작은 마음을 주고받으며
당신과 나, 우리는 목숨을 잃을 수도 있답니다.

에밀리 디킨슨

깃털로 가득 찬 희망

영혼에 깃들어 보금자리를 틀고
말없이 노래를 부르며
절대 멈추는 일이 없는 걸 보면
희망은 깃털로 만들어진 모양이에요.

세찬 바람 속에서도
심술궂은 폭풍 속에서도 들려오는 달콤한 노랫소리는
작은 새를 포근하게 보듬어주듯
많은 이의 마음을 따뜻하게 지켜줘요.

가장 춥고 얼어붙은 땅에서도
가장 기이한 바다에서도 그 노래를 들어봤지만,
그 노래는 한번도
나의 도움을 필요로 한 적이 없답니다.

에밀리 디킨슨

내 안에 살고 있는 당신의 마음

진정한 내 사랑은 나의 마음을 가졌고,
나 또한 그의 마음을 소유했습니다.
서로가 서로의 마음을 주고받은 것이었죠.
나는 그의 마음을, 그는 나의 마음을,
행여 놓칠세라 소중하게 감싸안습니다.
이보다 더 행복한 주고받음은 없었을 것입니다.
진정한 내 사랑은 나의 마음을 가졌고,
나 또한 그의 마음을 소유했으니까요.

내 안에 있는 그의 마음이
그와 나를 하나로 지켜주고,
그의 마음 안에 있는 내 마음이
그의 생각과 감각들을 이끌어줍니다.
내 마음이 곧 그의 마음이었으므로
그는 내 마음을 사랑하고
나 역시 내 안에 살고 있는
그의 마음을 소중히 여깁니다.

진정한 내 사랑은 나의 마음을 가졌고,
나 또한 그의 마음을 소유했습니다.

필립 시드니

내 마음에는 언제나 당신의 사랑이

바다의 광활함과

하늘의 눈부신 광경도

사랑으로 가득 찬 내 마음보다 더

고귀할 순 없습니다.

반짝이는 별빛도,

은은하게 빛을 내는 진주도

내 사랑 앞에서는 그 빛을 잃고 맙니다.

한결같은 마음

고상한 기품 때문에
잘생긴 눈이나 얼굴 때문에 나를 사랑하진 말아요.

그 어떤 겉모습 때문이나,
고집스런 마음 때문에 나를 사랑하진 말아요.
그런 것들은 사라지거나 흉하게 변할 수도 있으니,
그러면 당신과 나도 헤어질 수밖에 없겠죠.

진실한 여인으로서의 눈매를 잃지 말고
계속 나를 사랑하되, 이유는 알려 하지 말아요.
그저 한결같은 그 이유 때문에
영원히 나를 사랑해줘요.

존 월비

당신과 함께 있다면

거칠고 험한 밤. 폭풍우 몰아치는 밤!
내가 당신과 함께 있다면
거칠고 험한 밤도
우리에겐 사치인 것을!

나침반의 힘을 빌고
해도의 도움을 받아
항구에 정박한 마음엔
거센 바람도 소용없는 법.

에덴을 향해
바다를 향해 노를 저어,
오늘밤 당신과 함께
항구에 정박할 수 있다면!

에밀리 디킨슨

마지막 소망

당신은 미소지었고, 이야기했고, 나는 믿었건만
그 모든 말과 미소는 속임수였습니다.

어느 누구도 그보다 더 큰 희망을 품을 순 없을 겁니다.
나 역시 두 번 다시는
전에 바랐던 만큼의 희망을 품을 수 없겠죠.

하지만 이 마지막 소망만은 헛되지 않게 되기를 빕니다.
제발 한 번만 더 누군가 나를 속여주기를!

월터 새비지 랜더

오늘도 당신을 꿈꾸다 깨어납니다

한밤중에 달콤한 선잠에 빠져들어
당신을 꿈꾸다 깨어납니다.
바람은 나직이 숨결을 내뿜고
별들은 찬란하게 반짝이고 있을 때,
당신을 꿈꾸다 일어납니다.
그러고는 영혼이 깃든 듯한 발의 힘에 이끌려
당신의 창가로 찾아왔습니다, 그대여!
아, 누가 그 영문을 알겠어요?

아련히 떠돌던 바람은
어둠 속으로, 고요한 강물 위로 사라지고
꿈 속의 달콤한 상념처럼
인도 목련의 향기도 사그라듭니다.
나이팅게일의 서글픈 푸념도
그 조그만 가슴속에서 사라져갑니다.
내가 당신 품에 안겨 죽어야 한다는 듯이.
오, 그렇듯 당신이 그립기만 합니다!

오, 나를 풀밭에서 일으켜주세요!
나 여기 죽어갑니다! 정신을 잃습니다! 쓰러집니다!
당신의 사랑을 입맞춤에 담아
창백한 내 입술과 눈시울에 비처럼 내리게 해주세요.
나의 뺨은 싸늘하고 창백합니다!
나의 가슴은 미친 듯이 빠르게 두근거립니다.
아, 나의 뛰는 가슴을 다시 한 번 당신 품에 보듬어주세요.
그곳에서 마침내 터질 수 있도록!

퍼시 비시 셸리

사랑 노래

사랑하는 이여, 내가 죽거든
나를 위해 슬픈 노래는 부르지 마세요.
내 머리맡에 장미꽃도 심지 마시고
그늘진 삼나무도 심지 마세요.
비에 젖고 이슬 맺힌 푸른 풀로만 나를 덮어주세요.
그러고는 당신의 뜻대로 기억하시고
당신의 뜻대로 잊어주세요.

나는 밀려드는 어둠도 보지 못하고
빗방울도 느낄 수 없을 거예요.
괴로움에 울어대는 나이팅게일의 노래도
내 귀에는 들리지 않을 거예요.
뜨지도 지지도 않는 황혼 속에서 꿈을 꾸며
어쩌면 나는 당신을 생각할 거예요.
그리고 어쩌면 잊을지도 모르겠어요.

크리스티나 로제티

강물 같은 사랑

나의 강은 당신을 향해 달려갑니다.
푸른 바다여, 당신은 나를 반겨 맞아줄 테죠?
나의 강은 대답을 기다립니다.
오 바다여, 너그럽게 지켜봐주세요.

후미진 곳에 숨어 있는 개울물도
모두 내가 당신에게 데려다주겠어요.
바다여, 어서 나를 받아주세요!

에밀리 디킨슨

사랑을 위해서만 사랑해주세요

당신이 꼭 나를 사랑해야 한다면,
오로지 사랑을 위해서만 사랑해주세요.
나의 미소와 미모와 부드러운 말씨 때문에,
나의 재치 있는 생각과 지난날 즐거웠던 추억 때문에,
나를 사랑한다는 말은 하지 마세요.
사랑하는 이여,
그러한 것들은 스스로 변할 수도 있고
당신을 변하게 할 수도 있으니,
그렇게 맺어진 사랑은
또 그렇게 틀어질 수도 있답니다.
내 뺨에 흐르는 눈물을 닦아주겠다는
연민의 마음으로도 나를 사랑하진 마세요.
오랫동안 당신의 위로를 받아 울음을 잊어버리면
그로 인해 당신의 사랑을 잃을지도 모르니까요.
그러니 오로지 사랑을 위해서만 사랑해주세요.
당신의 사랑이 영원히 지속될 수 있도록.

엘리자베스 베렛 브라우닝

내 마음 깊은 곳에 가득 찬 사랑

바다는 진주빛 보물을 품고 있는 듯
하늘에서 반짝이는 영롱한 별빛을 되비추고 있지만,
그러한 경이로움보다 더 소중한 것은
내 마음 가장 깊은 곳에 가득 찬 당신의 사랑입니다.

바다의 광활함과 하늘의 눈부신 광경도
사랑으로 가득 찬 내 마음보다 더 고귀할 순 없습니다.
반짝이는 별빛도, 은은하게 빛을 내는 진주도
내 사랑 앞에서는 그 빛을 잃고 말죠.

그러니 가냘프고 싱그러운 아가씨여,
드넓고 뜨거운 나의 품으로 오세요.
사랑이 내 마음을 녹였듯이
하늘과 땅, 바다와 하늘도 녹아내리고 있으니.

하인리히 하이네

섀런의 장미

나는 섀런의 장미이며
계곡에 피어난 백합입니다.
가시덤불을 뚫고 피어난 백합처럼
나의 사랑 역시 여러 딸들 사이에 피어났습니다.
빽빽한 숲에서 자라난 사과나무처럼
나의 사랑하는 이도 여러 아들 사이에서 자라났습니다.

나는 그의 그늘에 앉아 더할 나위 없는 기쁨을 느끼고,
내 혀끝에 감도는 그의 과일 향은 감미롭기만 합니다.
그는 연회장으로 나를 이끌어
사랑의 깃발로 나를 둘러쌉니다.
사랑의 열병에 걸린 나를 위해
그는 내 곁에 머물며
향긋한 포도주와 달콤한 사과로 나를 위로합니다.

그의 왼손은 내 머리를 받치고
그의 오른손은 나를 포옹합니다.

들판을 뛰노는 노루와 사람의 모습으로 나타난,
오 그대 예루살렘의 딸들이여,
나의 사랑 그이가 기뻐할 때까지는
흔들어 깨우지 말아주세요.

솔로몬

사랑은 모든 것을 견뎌냅니다

진정한 두 마음의 결합이라면
부디 장애물은 끼어들지 않기를.
변화가 생겼다고 해서 달라지거나
마음이 쉽게 바뀌는 사람을 따라 휘청댄다면
그것은 사랑이 아니랍니다.
오, 아니고말고요!
사랑은 영원히 변치 않는 지표여서
폭풍이 몰아쳐도 결코 흔들리지 않아요.
사랑은 방황하는 모든 배의 북극성이어서
그 높이는 짐작해도, 그 가치는 헤아릴 길 없답니다.
시계바늘의 움직임에 따라 장밋빛 입술과 뺨은 시들어가겠지만,
사랑은 시간의 어릿광대가 아니에요.
사랑은 덧없는 짧은 세월엔 변하지 않고
운명의 그날까지 견뎌낸답니다.
만일 이것이 틀린 생각이라고 증명된다면
나는 결코 시를 쓴 적도,
누군가를 사랑한 적도 없는 셈이겠지요.

윌리엄 셰익스피어

나를 영원히 사랑해주세요

그렇게 세월은 흘러
(나를 영원히 사랑해주세요!)
해마다 3월은
4월의 노력으로 시작되고,
나를 구속하고 있는 5월의 분노는
6월이 잘라주어야 합니다.
이제 내 주변엔 눈이 쌓여
6월의 열기를 사라지게 하는군요.
(나를 영원히 사랑해주세요!)

로버트 브라우닝

천천히 다가오세요, 에덴.
달콤한 입술은 그대만을 위해 기다렸으니.
느지막이 꽃에 다가와
꽃 주위를 맴돌며 꽃망울을 떨게 하곤
달콤한 감로를 마음으로 음미하다 내려앉아
감미로움에 빠져버린 소심한 꿀벌처럼
그렇게 천천히 다가오세요!

에밀리 디킨슨

오 나의 사랑이여*

오 나의 사랑이여, 어디로 가시나요?
길을 멈추고 들어주세요.
당신의 참된 사랑을
기쁘고도 슬픈 곡조로 노래할 수 있어요.
떠나지 말아요, 아름다운 님이여.
연인들이 만나면 여정은 끝이 난다는 건
지혜로운 사람의 아들이라면 누구나 알 수 있는 일.

사랑이란 무엇일까요?
그건 앞으로 다가올 일이 아니죠.
현재의 즐거움은 지금 웃음을 터뜨리는 일.
앞으로 다가올 일은 누구도 알지 못해요.
미루면 얻는 것도 없을 거예요.
그러니 어서 입 맞춰줘요, 감미로운 연인이여.
청춘은 그리 길지 않을 테니까.

윌리엄 셰익스피어

* 희곡 〈십이야〉 2막 3장 중에서 광대가 읊는 시.

꿈

사랑하는 이여,
만일 내가 울더라도 상관없을 것이고
당신이 웃더라도 난 마음 쓰지 않을 거예요.
그런 생각을 하는 내가 바보 같겠지만,
그래도 그곳에서 당신을 느낄 수 있어 난 좋기만 해요.

사랑하는 이여,
잠이 들면 나는 꿈 속에서 다시 깨어나요.
방바닥 위로는
섬뜩하게 희뿌연 달빛이 길게 비쳐들고,
멀리 어디선가
소름끼치는 비명처럼 요란하게 문이 열리죠.

바람 한 점 불지 않는데도 바람처럼 휘청거리던 나는
두려움에 휩싸여 당신을 바라보며,
당신의 위로를 기대하듯 손을 내밀지만
당신은 사라지고 없어요, 차가운 새벽이슬처럼.

내 손을 감싸는 건 달빛뿐이죠.

사랑하는 이여,

당신이 웃더라도 나는 마음 쓰지 않을 것이고

내가 울더라도 상관없겠지만,

그래도 그곳에서 당신을 느낄 수 있어 난 좋기만 해요.

에드너 세인트 빈센트 밀레이

사랑이 조금 더 머물 수 있기를

오, 이언테여!
곧 인생은 끝이 나고,
그보다 먼저 미인의 천사 같은 미소도 사라지겠죠.
나 더 이상은 바라지 않을 테니
부디 사랑이 조금 더 머물 수 있도록 허락해줘요.

월터 새비지 랜더

어쩌면

어쩌면 그는 나를 믿을지도 모르고,
어쩌면 아닐지도 몰라요.
어쩌면 나는 그와 결혼할 수 있을지도 모르고,
어쩌면 아닐지도 모르죠.

어쩌면 평원에 나부끼는 바람이,
어쩌면 바다 위를 불어오는 바람이,
어쩌면 어디선가 살고 있는 누군가가
얘기해줄 수 있을지도 몰라요.

그의 어깨에 고개를 기대고 있다가
그가 나한테 물으면, 나는 이렇게 대답할래요.
"그래요, 어쩌면."이라고.

칼 샌드버그

사랑받고 싶어요

여러 해 동안 나는 굶주려왔어요.
드디어 허기를 달랠 그날이 왔군요.
떨리는 마음으로 나는 식탁으로 다가가
호기심 어린 손길로 포도주에 손을 댑니다.

풍요로움을 누린다는 것은 바랄 수도 없던 시절,
입맛을 다시며
굶주리고 외로운 마음으로 창문을 들여다보면
그곳에 놓여 있던 식탁이 바로 이와 같았어요.

큼지막한 빵은 모르고 살았어요.
자연의 식탁에서
새들과 자주 나눠먹던
빵 부스러기와는 너무나도 다르군요.

풍요로움이 내 마음을 아프게 합니다.
너무나 새로워서 자꾸 낯설고 어색하게 느껴져요.
깊은 산속 덤불에 피었던 산딸기가
잔디밭 근처로 옮겨 심어진 것처럼.

이젠 허기도 느껴지지 않아요.
결국 허기란 창밖에 있는 사람들이나 느끼는
감정일 뿐이란 걸 깨닫게 됩니다.
창문 안으로 들어가고 나면 사라지고 마는군요.

에밀리 디킨슨

히아신스

나는 그 사람을 사랑하지만
그 사람은 나보다 히아신스를 더 아끼는 사람,
그에겐 히아신스보다 내가 더 소중해질 리 없습니다.

밤마다 들쥐가 숨어들면
그는 잠을 이루지 못합니다.
혹시나 들쥐가 날카로운 이빨로
히아신스의 구근을 갉아먹지는 않는지 귀를 기울이죠.

하지만 내 마음이 갈가리 찢기는 소리를
그는 듣지 못합니다.

에드너 세인트 빈센트 밀레이

아무것도 할 수 없어요

마음의 평화가 멀리 있을 때면
나는 평화가 찾아왔을 때를 되풀이해 떠올립니다.
먼 바다에서 배가 난파된 선원들이
육지를 발견하기를 갈망하듯이.

항구가 나타나기 전까지
수없이 눈에 보이는 환상의 해안들을
증명해보이기 위해 헛되이 노력하는
마음 약한 선원처럼
나 역시 그렇게 무기력하기만 합니다.

에밀리 디킨슨

나를 자꾸만 구속하는 작은 얼굴이 있습니다.
환하게 빛나는 그녀의 아름다운 얼굴밖엔
아무것도 생각나지 않아요.
아 가엾은 나!
백조처럼 새하얀 그녀의 목덜미와
강인해보이는 그녀의 턱선
그리고 싱그럽게 웃음짓는 그녀의 입술은
매일매일 내게 이렇게 말하는 듯합니다.
"와서 내게 입 맞춰줘요. 다시 한 번 내게 입 맞춰줘요!"
왕족처럼 품위 있는 그녀의 콧날과
살며시 미소짓는 그녀의 회색빛 눈동자
(연인들의 마음을 앗아가는 바로 그 장본인이죠)
그리고 아무렇게나 흩날리는 그녀의 긴 갈색 머리칼
너무나도 요염하게 나를 사로잡은 이 모든 것은
나를 해칠 듯 무섭게 날아오는 날카로운 창날처럼
내 마음에 상처를 입혔습니다.
오 신이여! 누가 나를 도와줄 수 있을까요?

작자 미상

내겐 다른 삶은 없어요

내겐 다른 삶은 없어요.
여기까지 이끌려 올 수밖에.
그곳에서 쫓겨나지 않는 한
죽음도 있을 수 없어요.
다가올 세상에 대한 연연함도
새로운 행동에 대한 기대도 없어요.
당신이라는 영역,
그 범위를 벗어난다면.

에밀리 디킨슨

우리 **다시 만날** 때까지

봄은 또 오고, 가을도 또 을 테죠.

나무껍질은 떨어지고 새들도 울어댈 거예요.

봄이 되고, 또 가을이 되면

바라보기에 아름답고

듣기 좋은 것들이 많아지겠죠.

조금씩 조금씩 힘겹게 보내야 하겠지만,

사랑 때문에 아픈 나날을 보내는 일은 없을 거예요.

나의 작은 오두막

무덤은 나의 작은 오두막,
그곳에 나는 당신을 위한 보금자리를 마련합니다.
방을 가지런히 정리하고,
대리석처럼 차디찬 차를 준비합니다.

영원한 삶이 우리를
좀더 행복한 세상에서 다시 만나게 해줄 때까지
두 사람은 잠시 떨어져
한 세월을 보내야 합니다.

에밀리 디킨슨

사랑의 불씨

나는 당신을 사랑했습니다.
이제 와서 고백하는데,
내 가슴속엔 아직도 당신을 향한
사랑의 불씨가 남아 있습니다.
하지만 그 때문에 당신을 더 괴롭히고 싶진 않아요.
또다시 당신을 슬프게 만들기는 싫습니다.

희망도 없고 할 말조차 잃었지만,
질투에 사로잡힌 소심한 사람들만이 아는
달콤한 고통을 느끼며 당신을 사랑했습니다.
당신을 너무나도 감미롭게 사랑했기에,
당신에게 또다시 그런 사랑 찾아들기를
하나님께 간절히 기도합니다.

알렉산더 푸슈킨

당신의 사랑 위에서 잠들어요

부드러운 음성이 사라져도
음악은 기억 속에서 메아리치고,
감미로운 오랑캐꽃이 져도
그 그윽한 향기는
꽃들이 불러일으킨 감각 속에 살아남습니다.

장미꽃이 시들어도
떨어진 그 꽃잎은 소복이 쌓여
사랑하는 이를 위한 침대가 됩니다.
그러니 당신이 가버린 뒤에도
당신을 생각하는 마음은
사랑, 그 위에서 잠들겠지요.

퍼시 비시 셸리

등불이 부서지면

등불이 부서지면
불빛은 꺼져 땅바닥에 흩어지고
구름이 흩어지면
무지개의 찬란함도 사라집니다.
비파가 깨어지면
감미로운 곡조도 기억에서 사라지고
입술이 말하고 난 뒤에는
사랑의 속삭임도 곧 잊혀지고 맙니다.

등불과 비파가 부서진 뒤
음악과 찬란한 빛이 남지 않듯이
마음이 울적하여 침묵을 지키면
가슴의 메아리도 노래를 울리지 않고
서글픈 노랫가락만 흥얼거리거나,
죽은 뱃사람을 애도하는
서글픈 종소리만 울려 퍼질 뿐입니다.

두 사람의 마음이 하나가 됐더라도
사랑이 먼저 잘 지은 보금자리를 떠나갑니다.
홀로 남게 된 나약한 사람은
한때 소유했던 사랑의 아픔을 견뎌냅니다.
아, 사랑이여!
이 세상 모든 것의 나약함을 슬퍼하면서
당신은 왜 가장 나약한 인간의 마음을
당신의 요람과 집과 관으로 선택했나요?

폭풍이 하늘 높은 곳에서 까마귀들을 뒤흔들듯이
인간의 정열은 당신을 비틀거리게 할 것입니다.
나뭇잎 떨어지고 찬바람이 불어오면,
당신의 둥지를 받치고 있는 서까래는
모두 썩어 사라지고,
독수리 둥지처럼 높이 매달린 당신의 보금자리도
당신의 알몸 드러내어 조롱받게 할 것입니다.

퍼시 비시 셸리

사랑이여 이젠 안녕

이젠 더 이상 어쩔 수 없으니
우리 그만 입맞춤하고 헤어지기로 해요.
이것으로 끝이므로
당신은 더 이상 나를 갖지 못합니다.
그래요, 나는 기뻐요. 온 마음으로 기뻐하고 있어요.
그토록 말끔하게 나 자신을 자유롭게 할 수 있으니.
마지막 악수를 나누고,
우리의 모든 맹세는 없었던 것으로 되돌려요.
우리 다시 만나게 된다 해도
우리 이마엔 예전의 사랑이
조금도 남아 있지 않도록 해요.
사랑이 마지막 숨을 벅차게 몰아쉬는 지금,
맥박은 사그라들고 열정은 묵묵히 쓰러져 있으니
믿음도 무릎을 꿇고서 죽어가는 사랑의 곁을 지키고
순수함은 사랑의 눈을 감겨주네요.

하지만 모두가 사랑을 포기하고 떠나보내려는 이 순간,

지금이라도

당신이라면 그를 다시 죽음에서 삶으로 되돌릴 수 있어요.

마이클 드레이튼

내 나이 스물 하고 한 살이었을 때

내 나이 스물 하고 한 살이었을 때
어느 지혜로운 사람이 하는 말을 들었습니다.
"금화이건 은화이건 돈이야 얼마든 주어버릴지라도
그대 마음만은 결코 주어서는 안 된다.
진주건 루비건 보석이야 얼마든 주어버릴지라도
그대 생각만은 언제나 자유롭게 하라!"
그러나 내 나이 스물하고 한 살이었으니
그런 말은 나에게 조금도 소용없었습니다.

내 나이 스물 하고 한 살이었을 때
또 그가 하는 말을 들었습니다.
"가장 깊은 데서 우러나오는 마음은
결코 헛되이 주어지는 것이 아니다.
그것은 깊은 한숨으로 값을 치르고
한없이 후회하며 팔리게 된다."
이제 내 나이 스물 하고 두 살이 되니
아, 그의 말은 참으로 가슴에 와 닿습니다.

A. E. 하우스먼

보석보다 영롱한 추억

보석을 손에 쥐고서
나는 잠이 들었습니다.
날은 따뜻했고, 바람은 잔잔했어요.
나는 말했습니다.
"사라지지 않을 거야."

잠에서 깨어난 나는 힘없는 손가락들을 꾸짖습니다.
보석은 사라지고 없습니다.
이제 내게 남은 것은
자수정에 대한 추억뿐입니다.

에밀리 디킨슨

당신이 떠난 뒤

내 마음은 예전 그대로입니다.
사람들이 드나들던 집과 같겠죠.
하지만 당신의 사랑 때문에 내 마음은 겨울이고
창틀에는 소복하게 눈이 쌓여 있습니다.

나는 등불을 켜고 커튼을 친 뒤
난로에 석탄을 넣어 다시 불을 지펴보지만
당신의 사랑 때문에 내 마음은 겨울이고
유리창엔 서리가 두껍게 끼었습니다.

겨울이 오면 가지에 매달린 나뭇잎들이
활기를 잃는다는 건 나도 알아요.
난 당신의 사랑을 한동안 바라보다
화분들을 집 안으로 들여놓습니다.

화분에 물을 주고 남쪽을 향하도록 돌려놓으며
누렇게 죽은 줄기들을 잘라냅니다.

당신의 사랑 때문에 내 마음은 겨울이고
나는 그저 화분들을 돌보며 물을 줍니다.

가끔은 성미 급한 작은 참새가 먹이를 구하느라
소란을 피우는 모습을 서서 구경하곤 했습니다.
녀석이 사랑스러워 나는 녀석에게 먹이를 주고
녀석이 하는 말에 귀를 기울였습니다.

녀석이 날아가면 보이지 않을 때까지 서서 쳐다보았어요.
오늘은 문 밖으로 나가
계단에 작은 그릇을 하나 놓아둡니다.
내 마음은 예전 그대로입니다.

하지만 당신 사랑 때문에 내 마음은 겨울입니다.
창틀에 빵 부스러기를 뿌려놓은 뒤 창문을 닫습니다.
새들이 날아와 먹든 말든
그건 새들 마음이겠죠.

에드너 세인트 빈센트 밀레이

장미는 왜 그리도 연약할까요?

사랑하는 이여, 장미는 왜 그리도 연약한지
내게 말해주겠어요?
청보랏빛 꽃잎이
왜 계곡에서 시들어야 하는지도 말이에요.

종달새는 왜 구름 속에서
그토록 서글프게 우는 걸까요?
가장 아름다운 복숭아꽃잎에선
왜 죽음의 향기가 피어나오죠?

초원을 비추는 햇살은
또 왜 저리도 무섭게 얼굴을 찌푸릴까요?
땅은 왜 무덤처럼
갈색으로 썩어들어가는 거죠?

그리고 왜 나는
이렇게 시들어만 가는 걸까요?
내 마음의 소중한 이여,
왜 당신은 나를 버렸나요?

하인리히 하이네

당신을 영원히 사랑할 수 있기를

갓 피어난 그대 장미여,
가시의 또 다른 분신이여,
당신은 그렇게 사랑과 비웃음이
함께 존재해야 하나요?

미소짓던 달콤한 당신의 눈빛이
이제는 촉촉이 젖어 원망을 전하네요.
어머니와 아이 같은, 오 눈이여, 눈물이여.

그렇다면 사랑과 고통은
쌍둥이와도 같은 한몸인 것을.
그럼에도 나는 다시 사랑할 수 있기를 소망합니다.

시드니 러니어

나의 아름다운 장미나무

꽃 한 송이가 내게 주어졌습니다.
싱그러운 5월도 결코 피워낼 수 없었던
아름다운 꽃이었죠.
하지만 나는
"내겐 아름다운 장미나무가 있어."라고 말하며
그 향기로운 꽃을 사양했습니다.

그리곤 나의 아름다운 장미나무한테 갔습니다.
밤낮으로 정성들여 돌보기 위해서였죠.
하지만 나의 장미는 질투심으로 고개를 돌렸고,
장미가시만이 유일한 나의 기쁨이 되었답니다.

윌리엄 블레이크

애너벨 리

아주 아주 오래 전
바닷가 어느 왕국에
어쩌면 당신도 알고 있을지 모를 한 소녀가 살았습니다.
그녀의 이름은 애너벨 리였죠.
그 소녀는 나를 사랑하고 내 사랑을 받는 일 외엔
아무것도 생각하지 않고 살았답니다.

바닷가 그 왕국에선
그녀도 어렸고 나도 어렸지만,
나와 애너벨 리는
사랑 이상의 사랑으로 서로를 사랑했습니다.
천국에 살고 있는 날개 달린 천사들도
부러워할 정도로 깊은 사랑을.

바로 그것이 이유였어요.
오래 전 먹구름과 함께 불어닥친 바람이
바닷가 그 왕국에 휘몰아쳐
아름다운 나의 애너벨 리를 싸늘하게 만들었던 까닭은.

그러자 고귀한 태생인 그녀의 친척들은
내게서 그녀를 빼앗아
바닷가 왕국의 어두운 무덤에 가두었답니다.

천국에서도 우리의 절반만큼도 행복하지 못했던
천사들이 그녀와 나를 시기했던 탓이지요.
그래요, 그것이 이유였답니다.
바닷가 왕국에 살고 있는 모든 사람이 알고 있듯이
밤을 틈타 먹구름과 함께 불어닥친 바람이
나의 애너벨 리를 싸늘한 시신으로 만든 까닭은.

하지만 우리의 사랑은
우리보다 나이든 사람들의 사랑보다,
우리보다 지혜로운 사람들의 사랑보다 강했기에
천상에 살고 있는 천사들도,
바다 밑 깊은 곳에 살고 있는 악마들도,
내 영혼을 아름다운 애너벨 리의 영혼으로부터
떼어놓지 못했습니다.

내가 아름다운 애너벨 리의 꿈을 꾸지 않으면
달빛도 비추는 법이 없고,
내가 아름다운 애너벨 리의 빛나는 눈을 느끼지 않으면
별들도 떠오르지 않으니,
그리하여 나는 밤이 지새도록
나의 사랑, 나의 연인, 나의 목숨, 나의 신부의 곁에
가만히 누워 있습니다.
바닷가의 그녀 무덤 속에서,
파도소리 들리는 바닷가의 그녀 보금자리에서.

에드가 앨런 포

황홀한 순간 순간마다

황홀한 순간 순간마다
그 대가로 우리는 고통을 함께 느낍니다.
기쁨의 절정을 향해 조금씩 다가가는
예민한 떨림의 크기만큼.

사랑을 느끼는 모든 순간 순간마다
세월의 소중한 틈새마다
어디에도 비길 데 없는 괴로움이
눈물과 함께 쌓여갑니다.

에밀리 디킨슨

사랑의 속삭임

나는 당신과 함께 잠이 들고 당신과 함께 눈을 뜨건만
당신은 내 곁에 없군요.
나는 당신의 생각으로 내 품을 채우고
텅 빈 공기를 꼭 껴안습니다.

당신은 내 눈앞에 없지만
당신의 눈동자는 나를 바라보고 있습니다.
나의 입술은 아침에도, 낮에도, 밤에도,
언제나 당신의 입술을 느낍니다.

마음을 편히 갖겠다고
다른 것들을 떠올리며 너스레를 떨지만,
여인의 가슴에 소중하게 새겨진 사랑처럼
여전히 당신은 나의 뇌리를 떠나지 않습니다.

세상의 날카로운 눈초리를 피해서
나는 정반대로 생각하며 이야기를 꾸며내지만,
하늘에서 불어오는 감미로운 바람은
메리의 이야기를 속삭입니다.

밤바람은 내 귓가를 간질이고
달빛은 내 얼굴을 비추고 있습니다.
사방을 둘러보아도
싸늘한 두려움의 묵직한 정적만이 느껴집니다.

덤불 속에선 산들바람이,
나무에서 떨어지는 나뭇잎들이 내게 속삭입니다.
모두 당신에 대한 감미로운 이야기들을
쉬지 않고 내 귓가에 노래 부릅니다.

존 클레어

사랑은 말로 하는 것이 아니랍니다

애써 당신의 사랑을 고백하려 하지 마세요.
사랑은 말로 할 수 있는 것이 아니랍니다.
부드러운 바람이 소리 없이 보이지 않게 움직이듯,
사랑도 그러하답니다.

나는 내 사랑을 고백했었답니다.
그녀에게 내 마음을 모두 말로 표현했었죠.
싸늘한 두려움에 부들부들 떨며
그녀는 내 곁을 떠나가버리더군요.

그녀가 내 곁을 떠난 지 얼마 되지 않아
나그네 하나가 소리 없이 보이지 않게
다가갔을 때
아, 그녀는 거절하지 않았답니다.

윌리엄 블레이크

친구

훨훨 날아갔으니
내 친구는 새인가봅니다.
세상을 떠났으니
내 친구는 죽을 수밖에 없는 운명인가봅니다.
꿀벌처럼 내 친구도 침을 가졌던 걸까요?
아 신비로운 나의 친구여,
당신은 내게 수수께끼입니다.

에밀리 디킨슨

갈망

입술에 와 닿는 사랑은
내가 견딜 수 있을 만큼의 달콤한 감촉이었습니다.
한때는 그것도 너무 벅차다고 느껴졌죠.
내가 들이마시며 살았던 공기는

달콤한 향기들을 싣고 내게로 왔으니,
그것은 혹시 해질녘
저 언덕 아래 포도넝쿨로 감추어진
샘물에서 풍겨 나오는 향긋한 사향이었을까요?

인동덩굴 거둬들일 때
손마디에 영롱한 이슬 뿌리던
그 가지들로 인해
나는 마음의 동요와 아픔을 겪었습니다.

나는 강렬한 달콤함을 갈망하면서도,
어렸을 땐 그 달콤함이 너무 강렬하게만 느껴졌어요.

장미 꽃잎도
내겐 찌르는 듯한 자극일 뿐이었죠.

이제 내겐 아픔과 고단함과
잘못의 상흔을 담고 있는 제대로의 기쁨만이
느껴집니다.
내가 갈망하는 것은

눈물 자국과
넘치는 사랑의 흔적과,
씁쓸한 나무껍질과
불타는 정향나무의 달콤함입니다.

풀밭과 모래밭에
힘겹게 기대고 있느라
굳은살 박이고 쓰리고 상처투성이인
나의 손을 거두지만

아직도 아픔은 충분하질 않습니다.
나는 온몸을 뻗어
대지를 거칠게 느낄 수 있는
그런 무게와 힘을 갈망하는 것입니다.

로버트 프로스트

사랑의 아픔

비가 바람에게 말했어요.
"너는 밀어붙여라, 나는 때릴 테니."
둘이서 무정하게 꽃밭을 후려치니,
꽃들은 무릎을 꿇고
죽지는 않았지만 쓰러져버렸습니다.
그 꽃들의 심정을 나도 알 것 같아요.

로버트 프로스트

어디로 가야 하나요?

들판과 숲을 지나
담장을 넘어 걸어나갔어요.
멋진 경치가 한눈에 보이는 언덕에 올라
세상을 바라보다 내려왔죠.
그리곤 큰길을 따라 집으로 돌아왔어요.
그러고 나니, 아, 이게 끝인가봐요.

땅에 떨어진 잎은 모두 죽어 있고,
참나무에 매달린 잎들만
다른 가랑잎들이 잠을 잘 때에
하나씩 하나씩 풀려나서
굳어버린 눈밭을 긁으며
굴러다니다 부서지네요.

말없이 옹기종이 모여 있는 가랑잎들
이젠 더 이상 여기저기 굴러다니지 않아요.
외로이 버티던 마지막 과꽃도 사라지고
조롱나무 꽃들도 시들어버리네요.

마음은 아직도 못 견디게 찾고 있건만
발은 어디로 가야 하는지 묻고 있어요.

아, 세상의 흐름에 순응하거나,
점잖게 이성 앞에 굴복하거나,
사랑이나 계절의 종말을
몸 굽혀 받아들이는 일이
인간의 마음에
반역이 아니었던 적이 과연 있었을까요?

로버트 프로스트

아름다운 몽상가

아름다운 몽상가여, 나를 깨워주오.
별빛과 이슬방울이 당신을 기다리고 있으니.
낮 동안 들려오던 세상의 거친 소리들은
달빛이 달래어주니 모두 사라져버렸습니다.

아름다운 몽상가여, 내 노래의 여왕이시여,
감미로운 멜로디로 당신에게 구애하는
나의 노래를 들어주오.
바쁜 삶의 무게에 대한 염려는 날려보내고
아름다운 몽상가여, 나를 깨워주오!

아름다운 몽상가여,
저 멀리 바다에는
인어들이 감미로운 로렐라이를 부르고,
실개울 너머에서 피어오른 아지랑이는
다가오는 밝은 아침에 사라질 준비를 합니다.

아름다운 몽상가여,
아침 햇살이 실개울과 바다를 환히 비추듯
내 마음을 비춰주오.
그러면 모든 서글픔의 구름들은 사라져버릴 테니
아름다운 몽상가여, 나를 깨워주오!

스티븐 포스터

당신이 가을에 온다면

만일 당신이 가을에 온다면
가정주부들이 파리를 쫓듯이
나도 슬며시 미소를 지은 채 아무렇지 않은 듯
여름을 서둘러 보내겠습니다.

만일 당신이 일 년 뒤에 온다면
다달이 뭉치로 감아
그 시간이 다 지날 때까지
각기 다른 서랍에 넣어두겠습니다.

만일 몇 백 년쯤 지연된다면
손가락 사이로 떨어진 세월이
반디멘스랜드*에 떨어질 때까지
내 손으로 세고 또 세어보겠습니다.

이 삶이 끝나고 난 뒤
당신과 내가 함께 할 수 있다는 것이 확실하다면,
나는 껍질을 내팽개치듯 이 삶을 내던진 뒤
영원을 맛보겠습니다.

하지만 불확실한 세월의 날개가
얼마나 긴지 알 수 없는 지금,
기다림의 시간은 언제 쏘아댈지 모르는
집요한 벌처럼 나를 괴롭힙니다.

에밀리 디킨슨

* 오스트레일리아 남동쪽에 있는 태즈메이니아 섬의 옛 지명.

그리 힘겹지 않은 헤어짐의 세월

헤어짐의 세월은 그리 힘겹지 않고
쏟아지는 안개비의 냄새도 향긋하기만 합니다.
인생은 점점 더 빠르게 흘러가고
하루의 마감은 아무런 감흥도 없습니다.

나는 어서 하루가 끝나기를 기다려
어둠을 반겨 맞이하지만
나의 가슴에도, 또한 나의 무덤에도
뜨거운 눈물이 떨어져 위로해줄 일은
결코 없으리라는 깨달음에 슬퍼집니다.

월터 새비지 랜더

마음이 바라는 것

마음이 우선 바라는 것은 즐거움,
그리고 그 다음은 고통의 회피,
그런 다음엔 아픔을 완화시키는
저 하찮은 진통제들.

그런 다음엔 잠들기를,
그리고 또 다음번엔
그것이 심판관의 뜻이라면
죽음의 자유!

에밀리 디킨슨

겨울바람과 창가의 꽃

연인들이여, 잠시 당신들의 사랑을 잊으세요.
그리고 이들의 사랑 얘기에 귀를 기울여봐요.
그녀는 창가의 꽃이었고
그는 겨울바람이었답니다.

창문에 뿌옇게 낀 서리가
정오의 햇살에 녹고 나면
새장에 갇힌 노란 새는
그녀에게 노래를 들려주었죠.

그는 유리창을 통해 그녀를 바라보았어요.
바라보는 것밖에는 아무것도 할 수가 없었으니까요.
그리곤 어둠이 내린 뒤 다시 찾아와
그녀 곁을 스쳐지나갈 뿐이었어요.

그는 얼음과 눈,
죽은 잡초와 짝 잃은 새들에게만
관심을 갖고 있던 겨울바람이었기에
사랑에 대해서는 조금도 알 길이 없었습니다.

하지만 그는 창턱에 머물며 한숨을 쉬었고
창틀을 세차게 흔들어댔어요.
그날 밤 깨어 있던 집 안의 모든 것이
그를 지켜보았답니다.

어쩌면 그의 장엄한 용솟음으로 인해,
불빛 비치는 투명한 유리창과
따뜻한 난로의 불길로부터
그녀의 마음이 절반쯤 돌아선 것도 같았죠.

하지만 꽃은 옆으로 고개를 숙인 채
아무 말도 생각해내지 못했고
다음날 아침, 겨울바람은
머나먼 곳으로 떠나버렸답니다.

로버트 프로스트

잊기로 해요

마음이여, 우린 그를 잊어야 해.
너와 나, 오늘밤 잊어버리는 거야!
그가 주었던 온기를 너는 잊어야 하고,
나 역시 그 빛을 잊어야겠지.

네가 다 잊거든, 나한테 얘기해줘.
그럼 나도, 내 생각도 희미해지겠지.
서둘러야 해! 네가 혹시 머뭇거리는 동안
내가 그를 떠올릴지도 모르니까.

에밀리 디킨슨

너무 오래 사랑하지 말아요

그대여, 너무 오래 사랑하지 말아요.
나는 너무 오래 사랑한 탓에
어느 흘러간 노래처럼
유행에 뒤처지고 말았어요.

우리 둘 다 젊었을 때는
우리의 생각이 서로 다르다는 걸
짐작조차 하지 못했어요.
우리는 그렇게 한마음이었죠.

그러나 아, 그녀는 순식간에 변했어요.
그러니 너무 오래 사랑하지 말아요.
그러지 않는다면 어느 흘러간 노래처럼
당신도 유행에 뒤처지고 말 거예요.

윌리엄 버틀러 예이츠

아름다운 둔 강가 언덕

아름다운 둔 강의 둑과 언덕이여,
당신은 어떻게 그토록 싱그럽고 아름답게
꽃을 피울 수 있나요?
나는 이토록 수심에 젖어 슬픔 겨운데
작은 새들은 어떻게 노래를 부를 수가 있나요?

꽃 피운 산사나무 사이를 날아다니며 노래하는 새들이여,
나의 가슴을 갈가리 찢어놓고 말 텐가요?
그 노래를 들으면 지난날의 기쁨이 떠오릅니다.
떠나갔으니, 다시는 돌아오지 못할 그 기쁨이.

나는 아름다운 둔 강가를 자주 거닐며
장미와 인동덩굴이 서로 얽힌 것을 바라보았습니다.
새들은 모두 그들의 사랑을 노래 불렀고
어리석게도 나 역시 내 사랑을 노래 불렀었죠.

가시 돋친 줄기에 핀 고운 장미를
사뿐히 꺾어들고 즐거워했었죠.
하지만 나의 첫사랑은 그 장미를 빼앗아버렸고,
아, 내게 가시만 남겨둔 채 떠나갔어요.

로버트 번즈

우리 이별하던 날

아무 말 없이 눈물만 흘리며
우리 이별하던 날,
여러 해 동안 서로 떨어져 있어야 한다는 생각에
마음은 절반쯤 무너지고
당신의 뺨은 싸늘하게 창백해졌고
당신의 입맞춤은 더욱더 차가웠습니다.
생각해보면 이미 그때
오늘 겪을 이 슬픔이 예견되어 있었던 것을.

그날 아침 이슬은
내 이마에 차갑게 떨어져,
지금 내가 느끼는 감정을
미리 경고해줬던 듯합니다.
당신의 맹세는 남김없이 깨어져
당신은 신의 없는 사람이 되었습니다.
사람들이 당신 이름 이야기하는 것을 들으면
나도 같이 수치심을 느낍니다.
사람들이 내 앞에서 당신 이름을 부르면
내 귀에는 애도의 종소리로 들립니다.

나의 온몸에는 전율이 흐릅니다.
왜 당신은 그토록 사랑스러웠을까요?
내가 당신을 안다는 것을, 너무나도 잘 안다는 것을
그들은 알지 못합니다.
아주 오랫동안 나는 당신을 탓할 것 같습니다.
너무나 슬픔이 깊어서 말로 할 수 없을 만큼.

남 몰래 우리는 만났고
말없이 나는 슬퍼합니다.
당신의 마음이 나를 쉽게 잊을 수 있었다는 것과
당신의 영혼이 나를 속였다는 것을.
오랜 세월이 지난 후에
만일 당신을 다시 만난다면,
난 또 어떻게 인사를 건네야 할까요?
침묵과 눈물만 보일 것 같습니다.

조지 고든 바이런 경

봄과 가을

그 해 봄에는, 바로 그 해 봄에는
사랑하는 이와 나란히 그 길을 걸었어요.
껍질이 젖어 나무들은 검게 빛났지만
그래도 그 해 봄엔 나무들이 사랑스럽게만 보였어요.
그는 손닿지 않는 높은 곳에 피어난
복숭아꽃 가지를 내게 꺾어주었죠.

그 해 가을에는, 바로 그 해 가을에는
사랑하는 이와 나란히 그 길을 걸었어요.
까마귀들이 쉰 소리로 울어대며 날아올랐어요.
그래도 그 해 가을엔 그 소리가 정겹게 들렸죠.
하지만 그는 내가 칭송하는 모든 것을 비웃었고,
조금씩 조금씩 내 마음을 아프게 했어요.

봄은 또 오고, 가을도 또 올 테죠.
나무껍질은 떨어지고 새들도 울어댈 거예요.
봄이 되고, 또 가을이 되면
바라보기에 아름답고 듣기 좋은 것들이 많아지겠죠.

조금씩 조금씩 힘겹게 보내야 하겠지만,
사랑 때문에 아픈 나날을 보내는 일은 없을 거예요.

에드너 세인트 빈센트 밀레이

옮긴이 변용란

건국대학교 영어영문학과와 연세대학교 영어영문학과 대학원을 졸업하고 현
재 전문 번역가로 활동 중이다. 옮긴 책에 《내가 얼마나 당신을 사랑하는지
당신은 알지 못합니다 3》, 《스무 살이 넘어 다시 읽는 동화》, 《작은 이야기 큰
행복》, 《물빛 안개 속으로》, 《그리운 나무 그늘》, 《하얀 흔적》, 《한없이 투명
한 사랑》 등이 있다.

내가 얼마나 당신을 사랑하는지 당신은 알지 못합니다 4

1판 1쇄 인쇄일 | 2003년 8월 5일
1판 3쇄 발행일 | 2005년 6월 24일

지은이 | 엘리자베스 베렛 브라우닝 외
옮긴이 | 변용란
펴낸이 | 최순철
펴낸곳 | 오늘의책

주소 | 서울시 마포구 서교동 452-10호
전화 | 322-4595~6 팩스 | 322-4597
전자우편 | tobook@unitel.co.kr
홈페이지 | www.todaybook.co.kr
출판등록 | 1996년 5월 25일 (제10-1293호)

ISBN 89-7718-215-8 04840
        89-7718-085-6 (세트)

값 6,000원

잘못된 책은 바꾸어드립니다.